目錄

不盡是風景

馮美華

黃進曦不是一個複雜的畫家，從他的畫作中，我們看不到個人情緒劇烈的變化。當然，我們仍可從色調的光暗或鮮晦中，在線條或色塊中，窺見到他情感的細微變化，但總多是淡淡然和不經意，沒有強人於難。

黃進曦也沒有什麼人生哲理寄寓在他的畫作裡，要是勉強地說，他似乎在寄情山水間，企圖找尋生命裡的輕盈意態，以迴避世間的煩瑣。

那麼他的畫作有什麼東西吸引我？

先說他的山水吧，它們多是他在本城實景寫生（除了小部份是他在歐洲旅行時畫之外），這地道性使我們很快就認同了畫作的題材，那熟稔感讓我們容易進入畫中，繼而浸淫在黃進曦的畫意裡。

那麼在我而言，什麼是他的畫意？

黃進曦從容地走到郊野或眺望城郊間的景致，然後從容地用素描、水彩或塑膠彩來重塑他眼中看到的意象，那不是寫實；然後在他不同深淺程度的色彩和光暗中，他讓我們看到那景致根本的美麗和寧謐，可不是現實中那極有可能遇上的污染、破壞和喧嘩。這樣去過濾現實容許了他在技巧上的不同嘗試：或素描、或水彩、

或塑膠彩。他對現實的演繹讓我的記憶回到景致恬靜動人的時刻，不是詩情畫意，是某一種單純想念，是某一種對時空純靜渺無人煙的眷戀。

較為意外是他的「幻想」系列，多了一些個人意象，如他把自己描繪成太空人畫畫，如他自己看到聖母顯靈，如他變成魔術師，如他孤獨地在巨浪中游泳，如他面對著下雨的樹林和一些色彩繽紛童話式的圖畫等等，雖然不純粹，但言情訴志明顯地呈現了。他似乎在生活和創作中遇上了衝擊，企圖在畫作中回應這些跌宕。而他似乎在技巧上亦多了不同類型的嘗試，意象沒有統一風格，卻迥異地具有故事性，但還是單純的。

終極，至此為止，黃進曦採用的「點、線、面」，以及不同筆觸勾畫了真實裡的本質 —— 不是眼睛看到的表象，他的畫意就是去蕪存菁，讓我感受到時空裡那超然物外的風景、淨化了的風景。在不久的將來，我相信他在找尋和面對風景時，會滙集了他過去幾年所嘗試的畫畫方法，更具風格、個人視野和創作概念來呈現他心底風景的外觀和內觀。

唯有寫生

陳傑

一個人，提著工具箱，在鄉間小路步行，頭顱垂得低低的。大概是冬季？樹木顯得怪凋零的，而前方不遠處，同行夥伴等候著，有點不悅。那是頭一遭看見黃進曦的畫。去年友人在臉書把這分享，肉緊而驚歎地介紹：此人好勁，常走到山旯旮地方寫生，專畫香港樹林——嘩啲森林靚到！看著畫作，我愣住，不為森林美不美，只覺驚訝：有人仍然寫生？在這樣的年代，這樣的城市。

自此開始注意黃進曦，並冒昧發出交友邀請，想要繼續追蹤他畫的。其筆下的山巒，時而赤裸裸，時而覆蓋毛絨的綠，素淡溫婉，可也看得見厚重。尤其愛他畫風吹草動，毫不張狂，那緩慢似用手背輕輕掃過，明明颳著風，迎面卻是一陣暖。當臉書充斥教人窒息的資訊，忽地冒出這樣一幅風景畫，儘管談不上治癒，起碼瞳孔終於不用時刻收緊，隔著屏幕也是鳥語花香。

今年春天，趁著阿曦的《退步自然》個展，我借用雜誌記者身份，找他做訪問，跟他前往郊外寫生——這才發覺，風景畫固然漂亮，只是從沒想到，寫生這動作本身，又是另外一種賞心悅目。也許因為專注：當時我們在城門水塘塘畔，一整個下午，阿曦從容不迫地站著，二時到六時，沒離開畫架半步。

由勾勒輪廓開始，顏料搓開，調稀，抹上畫布；或大刀闊斧或細碎點上，由空白到填滿，那進化極好看，搶去山水不少風頭。景致看來靜止，卻在瞬間變動，簡單如

那道劃破雲層的陽光，烏雲一來馬上收起，那末畫還是不畫？該選擇哪一秒定格凝住？就看畫家當下心念，簡直是寫生禪了！

「畫什麼和怎樣畫不很重要，我在意的是整個過程，由出發到完成。」阿曦曾經這樣説。或許，真正完整的作品，由踏出家門那刻已經展開創作，包括走過的每道山徑，包括涉水攀石，包括大汗淋漓，更包括他和風景相處的時間──當人身處自然，時間沉澱下，就能感受彼此的存在。

所以他不會嫌乏味，常把同一種風景（比如火炭工作室對面的山頭）繪畫數遍；因為在他看來，今日的山水，明日已經不一樣，認識多一天，關係便會親近多一點。亦唯有

寫生，讓人在天地之間去畫，方能育成如此一張畫。而你該留意得到，畫中出現的人兒，總是面目含糊，背向著，可有可無似地，微小地存在，恰如其份地襯托世界的巨大。

那次訪問後不久，阿曦再往城門水塘，畫了一條小溪，那漩渦如捲雲，絢麗地舞動，真正行雲流水。後來他把這畫作送我，掛在跟朋友合設的工作室，讓灣仔唐樓一下子流水淙淙。我猜想，有天終究會到城門水塘，尋找這幀藏在某道橋下的風景（阿曦給我的線索），就為了好奇：那時候他站在畫架前，看見什麼，懷著怎樣的心情？

而我更要感謝，有人堅持展示香港另一副面相，記錄這樣的美麗。

前言　一幅風景

我最初對畫家的印象，就是到郊外寫生。

小時候有一盒認字卡，卡片描述了一些職業：拿著消防喉的消防員、站得筆直的軍裝警察、在黑板前翻著書本的老師等等。當看著一張描繪「A painter」（畫家）的卡時，只見裡面的人在一片風景之前，對著貼上了畫紙的畫架，托著顏料盤，右手揮動畫筆，很寫意的畫著。那一年我大概三歲，留下了對畫家的第一印象。

自中學開始，每逢暑假我就會回鄉，跟內地的藝術家親戚學畫。內地教畫的一套，是先畫好一個物件，再畫好一個人或一隻動物，最後才畫風景。因為只有掌握好每一個人或物，才有本事畫好風景畫裡的每一樣事物。這種由小至大的觀點，令我覺得「畫風景」是每位畫家的「終極境界」，遙不可及的層次。

兒時學畫對著石膏像，學好靜物，才開始畫人。倒是從未學過或試過寫生，最初覺得繪畫風景在時間掌握和處理上會複雜得多，而且畫人或物件，是在一個框架內進行，畫風景相對上是在無框架的情況下繪畫，對於當時的我來說，感覺手足無措。

後來入讀香港中文大學藝術系，走入了大世界，開始接觸繪畫以外的藝術表達方式，忙於學習其他創作技巧，

感覺很新鮮。而且同輩中沒有人會去寫生，大家都覺得那是老一輩畫家才做的事。即使知道有可能愛上寫生，但從沒有實行過，也不能説服自己以寫生的方式做功課。

在藝術系裡學習如何表達概念，也要學習如何發掘概念，創作是有動機的，以前我會著重概念，或想出一些 gimmick（噱頭），好讓作品有別人一眼就認出的風格。所以就算當時想畫風景畫，仍是選擇了電玩遊戲裡的自然風景場面。當時的概念是現代人大部份時間都活在模擬世界裡，才開始了這系列的創作。

後來在火炭租了一個廠廈單位做工作室，多了獨處的時間，有時呆呆看著眼前的電玩遊戲風景系列，覺得自己還是在一個無形的框內，可能這與我不是太熱愛電玩遊戲有關，對這系列的畫作有一份莫名的距離感。畢竟複製別人的畫面，離自己心目中的創作，仍有一些距離。然後我記起兒時幻想自己做一位畫家，雖然我已經是一位畫家了，但離我當初的想像有多遠？我想回歸原點，看看作品會有什麼變化。

最初寫生，要克服無框畫面的恐懼，尊敬大自然而不只是畏懼，加上對景物的取捨，還未有信心處理好。平常在工作室繪畫，習慣面對靜止的畫面，有較多時間和空間處理。前者成為寫生的另一難題，有時要找到想畫的

風景，可能要走兩三小時的路。再計算回程時間，那只剩一至兩小時的時間作畫，這迫使我要加快速度，也不能夠帶乾得慢的顏料，工具上的選擇需多加考慮。為了走得更輕便，這幾年為了寫生，買了不少工具，甚至找人訂製，例如顏料盒。現在更會自己稍加改良，希望攜帶更方便。

在戶外創作，會遇到室內作畫不會發生的意外，而這些意外也豐富了創作體驗，如有一次到大東山寫生，打開盒顏料盒，竟然少了一支白色顏料，畫畫沒有白色，是從來沒有試過的。但我又不想浪費了這一天，於是硬著頭皮畫，遇到白色的地方，我就試用抹或扣顏料的方式去做。出來的作品，果然跟以往的風格很不同。又試過一次去烏蛟騰，跟朋友畫到忘了時間，於是急步走到三椏村，想問士多老闆有沒有更快的路走，怎料那天士多關門了，附近也沒有村民，我唯有沿路返回起點，輪流用電話照明，走到一段，發現月亮照遍了整段路。作為一個城市人，到那刻才知道，月亮的光芒足夠照通前路。

這幾年，多看了前輩畫家的寫生作品，發現寫生作品早年在本地藝術界已有一定的地位，主題多是關於人情世故的東西，例如街景、唐樓、漁村、城市變遷等等，富人情味和故事性。我最早認識的寫生派畫家是江啟明先生，他的畫結構很嚴謹，有藝術性之餘，在記錄香港歷

史方面有重要作用。另一位欣賞的前輩是梅創基先生，他用了創新方式去演繹寫生作品，比如用不同物料如宣紙，又會上了水粉後再上油彩。除了對材料有一定認識外，要在風景創作期間這樣做不是一件容易的事情。不過，我最希望擁有的是歐陽乃霑先生作品裡的豪邁，從他的作品中，會猜想得到他是一個豪爽豁達的人，畫風都很放鬆，但又不失結構，我想，這也是我希望學習的做人態度，是我想追求的境界。

英國資深畫家 David Hockney，其寫生作品連結了現實世界和幻想世界，為寫生派作品帶來了新鮮感。即使現在已經接近八十歲，他沒停止試新東西，例如用 iPad 創作，這對創作之路來說是很健康的，發現到自己不同的可能性。歐洲有特別多寫生派畫家，我也曾自問，是不是歐洲風景特別好，才「盛產」寫生派畫家？

有一次準備個人展覽，我貪心地想畫歐洲的風景。於是去了歐洲幾個國家，發現那裡的綠色風景真的很多，我畫了一些山景、莊園和牧場。但作畫時，一份類似畫電玩遊戲風景的陌生感突然來襲，大概源於我對那裡的不認識。例如在牧場，見到有隻牛每天同一時間都會動也不動的坐下來，不明所以。後來跟朋友說起，才知牛吃完草，需要時間反芻，所以才靜靜不動。我在不了解的情況下去畫，怪不得怎樣畫也不夠滿意。

進行寫生一事已經超過三年時間，處理風景方面的信心比以前多了，知道畫什麼之餘，也多加了幻想的部份，無論是景物的處理，或是顏色上的處理，我也比以前放鬆了。回望過往的寫生作品，很多啡色和黃色，現在夠信心加入自己的幻想部份，使畫面變得更豐富。

過往，繪畫風景時會有一份被環境牽著鼻子走的感覺，現在則有一邊畫畫一邊郊遊的感覺，有人說，以前的書畫家提出「臥遊」，即看著山水畫猶如郊遊著的概念，對我來說，我會認為過程也是「郊遊」的一部份。我畫畫的時候，會自問想在旅程看到什麼，加入畫中。

前陣子，我把風景畫掛滿工作室的牆上，對著這系列的作品發呆，就如站在山嶺上發呆一樣。這讓我知道，我已經將自己喜歡的風景，帶到自己的空間裡，這也是我寫生純綷的目的。

行著畫，畫著行

兩個畫家　　　油彩布本　　　2012

如果雲是風用水蒸氣摺疊出來的紙雕玩意，山就是經地殼移動的捏塑，以及時間琢磨出來的泥雕塑。可是造物者愛隨心而行，從沒依據一幅草圖造作品，造出來的作品，祂從不在意像什麼、美不美，似乎是觀賞者有感而發。山也好，植物也好，它們從來不管自己長成什麼的模樣。但人有主觀感受，覺得山像某一隻動物，或者一棵樹長得多美麗，大自然從沒刻意經營。

我愛的正是大自然裡隨遇而安和隨機應變的態度，事物會追隨陽光的方向和風向而更改姿態，聽命於太陽、雨水和風向的指揮。一篇大自然的樂章，既有互相配合的情況，也有互相競爭的場面，進取又不失風度，這是大自然有趣的地方。這一切看似這樣自然而然，安守本份，但植物之間，同時為陽光、水和養份而競爭，達至一種平衡。這種態度是我愛上戶外寫生的第一原因，至少身在這個空間中，會感到一份自在。同時讓我更肯定，我的性格跟城市不太合拍，城市裡有太多事情紛擾，難以找到安靜。

山是地上最接近天空的組件，一條延綿的山稜線，勾勒出群山的輪廓，我特別喜歡看這條稜線。但其有趣的是，若想看到山的稜線，不是要走上這座山，而是要走到它的對面。所以開始寫生後，讓我更加

體會到什麼是「身在此山中」。香港有不少山的形態為大家所熟悉，例如獅子山的稜線，形象很強烈，大家對它有很強的歸屬感。只要畫出它的正面，大家立即可以辨認，然後焦點可能會放在「像不像」之上，但我畫畫時著重的是整幅畫的構圖。如果大家只看「像不像」，不是我想在作品呈現的東西，而且獅子山所表達的香港精神很強烈，好像會蓋過作品本身。有一次我到城門水塘一帶寫生，偶爾看到獅子山的背面，決定畫一幅有獅子山的畫，但獅子山在畫裡就只是其中一部份，不再是主角，就算展出作品時，我也沒有刻意告訴觀者這就是獅子山。

大自然本身有自己的漂染程序，來自季節的變更，植物的枯榮。我不特別喜歡一面倒綠色的山，最好是帶有一些暖色系的對比色。有一次到上水梧桐河一帶寫生，看到那一帶的山脈，左邊剛經歷過山火的洗禮，如一塊烘過了頭的麵包，右邊是隔岸觀火般安然無恙，我就打開顏料盒子去畫。完全綠色的風景，有點單調，我喜歡有一些黃，一些啡紅，會增添顏色的層次。山上的石頭在一片綠油油的山坡上，點綴山頭，我並不特別喜歡奇形怪狀的石頭，我在意的是這些石頭在畫面上起了什麼作用，會不會令畫面更加好看。

另外，陽光可以調節風景的色溫，雲和霧就如特別的相片效果，同為畫中的山脈添上色彩，有霧的話，我會用淡一點的色彩去表達霧氣。

山上的路，從遠處看，像一條白色棉線鋪在山上，不知伸延到哪裡去，人如螻蟻一樣，一步一步的跟著棉線走。即使未走入山路，在遠處看見這些山路時，眼睛也會跟著路走。山路是很好的指引，讓人看到山脈的形狀、更多的樹木、山上山下的風景。這些路好像沒有終點一樣，我有時會幻想，究竟這些路會帶我到哪個目的地？

山路的質地也有不同類型，令人產生不同感受，如我最喜歡泥路，會有「路是人走出來」的感覺。它經路人一次又一次走過，使泥土變得結實，從而成為一條路，沒有刻意築造之感覺。有些不多人走的路，雜草長回來，路顯得若隱若現。泥路仿似順其自然的人，依著環境而變通，依著地勢而出現，不會為了走捷徑，而砍走一棵樹，跟環境和平共生。

另一種我也欣賞的路是石路，它就如堅毅的人。我最佩服築造石路的人，想像時代久遠，他們究竟如何在沒有太多運輸工具幫助下完成？每塊石頭應該有數十磅重量，如何一塊一塊搬到山上，鋪成一條

路？當中的心意和毅力，也非現在的人可以想像。
有次在城門水塘附近，看到一位大叔在石澗中搬石
頭，希望鋪出一條路，讓路人不用涉水走過，他應
該都是行山人士，我記得他一邊搬的時候，有一班
年輕人走過，雙腳一沾水就叫聲四起。大叔雙腳早
已插入水中，還是一臉從容的搬石頭。他們的反應
對比太強烈了，令我印象好深刻。

登大東山　　塑膠彩紙本　　2013

石澗　　　水彩紙本　　　2014

樹林　　　素描紙本　　　2013

小山崗　　　　素描紙本　　　　2013

路旁樹幹　　　　素描紙本　　　　2013

烏蛟藤樹林　　　水彩紙本　　　2013

元荃古道　　　水彩紙本　　　2013

石門附近山景　　　水彩紙本　　　2013

落車　　　塑膠彩布本　　　2013

在路上　　水彩紙本　　2013

路旁植物　　　水彩紙本　　　2013

我認為山路是人和山之間的一種關係，關係隨著時間演變，山路的形成也就跟著變。以前的鄉郊人，要穿過多重山嶺才走到市區，好像元荃古道。後來的山路是觀賞和教育功能居多，有些路是為了經過一些景點和一些植物而造出來的，教育徑就是這一類。現在很多山路都很好走，因為很多都已經是灰灰白白的石屎路，踏上去的質感，好像離不開城市。石屎就好像入侵者，因為築路者應該計算過路程，選擇花最短時間的一條，繼而移除一些樹木和植物，這跟泥路和石路很不同。前者是順著自然環境而延伸，石屎路則順著人想要的功能性而造出來。

山路的顏色，除了泥土的黃、石路的灰、石屎路的銀白，陽光、影子和落葉也可為山路上色，我特別喜歡路上有落葉，除了色彩上會豐富一點，會讓我感到這條山路跟周圍的環境真的融為一體。而落葉可以成為畫中的一個視點，當觀者留意這一點時，就會慢慢進入畫中。我也喜歡路上有影子，這使路的顏色又多了些變化。

有時一些山路會被間成一格格，會啟發我在繪畫山路上的另外處理方法。我每次看到這些一格格，我就會每一格都用上不同的顏色。例如烏蛟騰有一段路，應該是自然教育徑，是用一條條深啡色的木條

鋪成的。當時正值秋天，眼前的都是火紅和啡黃的落葉，鋪滿一整條路。於是我用那幾種落葉的色彩，一格一格的填滿山路。一些山路的特徵，也會令我有其他的聯想。我幻想過元荃古道裡的一段樓梯，是一個舞台。有一個人彈著結他，一邊唱著歌，一邊徐徐地走下樓梯，連畫面也呈現這種輕快的節奏感。

在戶外寫生，除了繪畫的時間，走路和觀察也是過程，這些都是影響我選用什麼方法作畫的因素，除了顏料多用比較快乾的塑膠彩或水彩，線條會比在工作室畫的作品粗放一點，這樣的畫法會快一點完成畫作。

我有一系列作品是以點的方法完成構圖的，使用了水彩，這些點和粗放的線條剛好配合葉子的形態，一點一點的畫下去，會感受到沿路的樹都長滿了葉子，整個環境都是葉子。我偶爾也會以黑白調的方式來描繪一些大自然境景象，這些畫用上了鉛筆。鉛筆是我習畫時最早期的材料之一，也是我自己最熟悉的材料。有時我看到一些風景，覺得有點難處理，就用我最得心應手的鉛筆去畫，令自己處理畫面時會放鬆一點。

在戶外寫生時，因為想方便攜帶，我用的畫紙都比較細。有時會用腦袋記下心中想畫的風景，回到工

作室，用較為大的畫布作畫，由於作畫的時間可以長一些，每當以油彩一筆筆細細的畫時，會感到自己好像重新郊遊了一次，並且會多放更多幻想的元素在內，加上人或配件，放在我認為適合的地方。

在那麼多的香港山嶺上寫生，我最愛的是大東山，該處佈滿了芒草。這座香港第三高的山跟鳳凰山相連，秋天的時候，山坡上一大片金黃色，走在山上會真正感到與世隔絕，而且山上的芒草好像秋天的稻穗，跟陽光的顏色很相近。而我最熟悉的山景，是火炭工作室對出、黃竹洋村後的山。後來才得知這個山頭未來有機會大興土木，萌起了畫這座鄰居口中的「火炭富

士山」的念頭，為此多次進出鄰居的工作室，希望以一個更好的角度去畫出這座山。作畫期間發生了一段小插曲，某天我如常乘小巴到工作室，司機聽不到我叫下車，結果一直駛上山坡，還要跟我爭論。後來我回到工作室，特別在畫中加入了這部小巴，記錄下這一件事。

登大帽山　　　塑膠彩紙本　　　2014

大帽山　　　塑膠彩紙本　　　2011

登大東山　　　塑膠彩紙本　　　2011

城門水塘樹林　　　塑膠彩紙本　　　2011

城門谷附近群山　　　塑膠彩紙本　　　2011

散步　　　塑膠彩紙本　　　2013

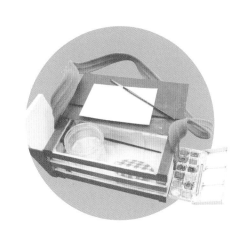

水在動，我不動

城門水塘石澗　　　塑膠彩布本　　　2014

某天，我在大澳坐船出海看中華白海豚。我看不到白海豚，但我看著海，想起以前上地理課的時候，老師教我們地球是一個封閉的系統。沒有新加入的物質，也會沒有流失本身擁有的物質。地球億萬年的歷史，就是一場又一場的物質循環。我眼前的海水，在人類史中串連起每一個不同年代的人，曾經感受過不同的身體。也因水是流動的，它會流遍世界每一個角落，是永不休止的旅行者。

我對水帶有一種敬畏的心，由於它變幻莫測，我會感到自己的力量份外微弱。我很少出海游泳，因為海的範圍很廣，有時又看不到水底，好像有很多不能預計的事情會發生一樣。而我從不想像自己在海中，這跟我畫山有些分別，畫山的時候，我可以想像自己在山裡面。對於海，我從來只是用觀賞的角度。我想人和大自然的關係也是這樣，人可以欣賞到大自然的美，會覺得這是一份禮物，但當有天災發生的話，人是如此乏力。

水的優美，在於它的流動和光影，但如何畫好眼前的水，也是我開始寫生後一直在想的問題。兒時學畫年代，我沒有真正畫過水，就算畫，也只是以藍色去代表它。水本身是很難把握的東西，對繪畫而言，也很難掌握得好，特別是如何演繹那種透明的

感覺，是淺藍色？天藍色？或是白色？所以我覺得技藝很高的畫家才可以畫得好水。後來看過一本書，作者說在一張白紙上，畫一隻船，那麼船以外的白色部份，就是水。我好像明白了一點，要表達水的話，可以靠水上的事物，或水周圍的環境。

在修讀藝術系和創作電子風景繪畫期間，我沒有認真想過如何畫水。開始寫生後，就會遇上有水的畫面。寫生初期，我到城門水塘寫生。城門水塘的水於我而言，是人造出來的。它本身不存在，只是當時政府為了發展需要，犧牲了一部份山腳的林地。聽說建水塘的時候，因為有技工不太懂使用炸藥，

發生了意外，其間區內還爆發了瘟疫。眼前平靜的水面，原來有一個帶點黑色的血汗故事。到今天，香港依賴東江水為主，曾經是香港命脈的水塘，重要性已大不如前。不過，它卻是一個美好的風景。我是一個時時刻都想抽離城市的城市人，城門水塘的位置，距離市區不遠，是最接近城市而與世隔絕的地方。

城門水塘的水，是安靜的，就似一隻靜靜地站著的鳥，不拍翼、不走動、不眨眼，只是有節奏地呼吸。對我來說，這事情本來有點乏味，但周圍的山景實在跟水塘配合得太好，水在這裡就算是主角，也是

不能沒有配角的主角。這裡除了因日光的變化，帶來了不同顏色外，它在四季裡的變化也有所不同。春夏之際，雨水很多，雨水由支流湧進水塘，水位漸漸升高，淹過塘邊白千層的根部，成了這裡一個著名的春夏景色「水浸白千層」。很多攝影愛好者以及寫生畫家，都愛趁這時刻慕名而來。到秋冬時分，雨水減少，在水量有減無增的情況下，水位漸漸下降，連白千層的根部也「水落石出」。我反而愛這個景象，可能我不常見，也較少人會以此畫面做創作，加上天氣已經不熱，我特別愛趁這時寫生一段長的時間。

另一個同樣是靜止的人工水面，就是池塘。我畫過香港中文大學的荷花池。其實這也是平平無奇的水，但因為上面長了一些荷花，變得十分吸引。令我想起 Claude Monet（莫奈）的寫生作品裡，那些鮮艷的荷花，令我想嘗試畫荷花的滋味。不過，我想畫較少人發掘的荷花較陰沉的一面，那就是枯蓮的時候。我選擇在秋冬時份，五點天快要入黑的時候，盛放時艷光四射的荷花，現在是舞會散場後孤寂的女主角。但觀者還會感受到水的存在，因為水面反照出蓮的枯枝，就像一個鏡面的舞台。

山與水塘　　　塑膠彩紙本　　　2014

冬日的水塘　　　塑膠彩紙本　　　2014

下白泥群山　　　水彩紙本　　　2013

城門水塘主壩附近　　　水彩紙本　　　2014

有一些大自然的水也會較為靜態，同樣靜得像一面鏡子，反照出天空的顏色，如果連地的顏色也跟天色相近，那麼天地水便會呈現出一致的顏色。下白泥就有這種特色。很多攝影愛好者都知道下白泥最美的時間，是黃昏中的退潮時段。水一直退開，露出濕潤的泥地。我喜歡五點至五點半的下白泥，這時水退到一半，一邊是水一邊是泥地，天色成金，泥地和水面都反照出這道金色。每次這風景出現，我都會趕緊的畫，因為眼前景色隨時消失。這就是寫生及攝影的最大分別，前者需要更多時間，但同時我可花更長時間去觀察同一景色。

流動的水我也會畫。記得有一次在烏溪沙，望著那個海灣望了很久，我發現到海面的波浪紋，是從不同方向發出的，我想試試以略為誇張的手法畫出這些有方向的波浪紋。出來的效果，就像有幾個人以交錯的方式交談一樣，也讓觀者知道波浪不是從單一方向來。水真的變化很大，風一轉了向，波浪紋就有所變化。近來我也喜歡畫動態的水，因為找到了當中不同的變化，而在這些變化之中，我感受到時間流過，我在不同時間所見的波浪紋，也可被我捕捉在畫中。烏溪沙的浪較為溫柔，我試過畫分流較為大的浪花，勾起了我一段兒時回憶。那次我跟家人去沙灘遊玩，我們排成一列，背著海站在水中，

任由浪花拍打我們的背部。大人們覺得很好玩，但當時個子小的我其實是無比的害怕，即使已經抓住家人的手，還是有一種會被巨浪吞噬的感覺。那天由於路程頗長，我帶備的工具不多，就用水墨筆在素描簿簡單地畫下當時的景象。

人如何跟水相處，也是我思考的問題。有一次我到長洲，看到那一條長堤。堤內和堤外是兩種景象。堤外的浪很高，船也拋得很高。進入了長堤內範圍，船就平穩得多了。只看見堤內漁船的人忙碌地工作，我這個來自陸地的人，好像跟他們相反，習慣在平穩的陸地上，一到水面就會為不穩定而不安。他們卻長期在水上工作及生活，習慣了這種浮動，如果換轉他們在陸地上生活，他們會不習慣嗎？我在南生圍看到一個景象 —— 我原本在畫一條泥路，後來見到一間水上的士多，底下有十多根大木樁，狠狠的插在水中，使上面的屋就很穩固。我覺得這畫面顯示出，這裡的居民和水之間，有很密切的關係。

畫了水一段日子後，我發現只要心夠靜，會觀察得愈入微，畫水也畫得順心一點。這種情況類似「敵不動，我動」，當水是流動，我寫生時的心更要安定。

南生圍　　　塑膠彩紙本　　　2012

城寨公園水池　　　塑膠彩紙本　　　2013

荷花池   塑膠彩紙本   2011

分流東灣海浪　　　水彩紙本　　　2014

分流東灣　　　水彩紙本　　　2014

長洲船舶   素描紙本   2013

長洲船舶　　　水彩紙本　　　2014

烏溪沙灘　　　塑膠彩紙本　　　2014

水紋　　水彩紙本　　2014

長洲小灣　　水彩紙本　　2014

長堤　　水彩紙本　　2014

人不在，物還在

我怕人多的地方，人多會有點擾亂我的思緒，特別當我身在自然環境的時候，我覺得人在自然中是渺小的一部份，我就是喜歡靜靜感受，靜靜的寫生。我相信任何時代裡的任何人，在大自然中，也會感受到一份寧靜感覺，同時也感到大自然的偉大。正因這份謙卑，在我的寫生作品中，人在畫中的比例是比較小。有時，就算風景中有人，我在畫中連人也取走了，也想令畫面顯得更寧靜。不論觀眾或是自己看這幅畫的時候，也有一種在大自然中獨處的感覺。

有些人以郊遊的形式親近大自然，也有不少人喜歡住在大自然環境之中，希望跟大自然長期共處。這不是近年的事情，一路以來，不少人都以不同方式遠離煩囂。而這些人，在大自然環境中，留下不少足跡。就算他們已成過去，這些「足印」還在山頭之上，像一個盒子，不停重複昔日的片段。有一次我為寫生做一些資料搜集，看到大東山地方很空曠，還有一些石屋，於是約朋友到那裡走一趟。走到大東山至二東山之間一帶，看到一些石屋時，頃刻我被感動了。這些灰白的屋子群，每間都相隔一定的距離，在黃金色的芒草中佇立，就像二十多個沉默的人望著外面的海，望了數十年也不介意。

後來我回家尋找這些石屋的故事，原來這個石屋群叫「爛頭營」，「爛頭」應該跟大嶼山的英文名 Lantau 有關。關於「爛頭營」的歷史，坊間的傳説有很多。我比較著迷的是一個關於傳教士在這個山頭建退修營的故事。相傳上世紀二十年代，有一班傳教士來到廣東一帶已經一段日子，想念故鄉之餘，也想有一個固定位置靜修，所以要求香港的殖民地政府給他們一片荒涼的土地建營屋。原址為大帽山一帶，營屋是用竹搭成的，相當簡陋。但有天颱風襲港，將竹屋群連根拔起，一班傳教士為香港颱風的威力感到無比驚訝，狼狽地走回市區。他們有次到澳門，途中看到大嶼山的山勢，發現大東

山和二東山之間的位置很理想，跟市區有一段距離之餘，山形也能擋風，應該不會重演大帽山上的不幸，就要求政府讓他們在這裡重建營屋。他們這次選用了石頭建屋，但建屋的不是他們，而是一班香港苦力。他們將一塊塊大石，運上漫長的山路，送到這個位置。用石建屋不是一件容易的事情，有傳建屋期間，有位建築工人失手，一塊大石一直往下坡滾，差點壓死山坡下的一個小孩。這班傳教士在這裡絕對不是實行苦修，聽説每天都有香港人來回這個山頭和碼頭兩次，為他們送電報和信件。他們的出入都由香港苦力抬轎代步，地位認真高人一等。所以每次我看到這些石屋群，或走著這漫長的

山路時，都感受到當時本地工人的付出，成就這片一見難忘的風景。

後來日軍佔領香港期間，有不少英國軍官進駐這裡。因為地勢關係，這裡可以看到珠江口一帶，方便監視日本海軍有什麼風吹草動。戰爭完結後，就成為不少居港外籍人士的宿營熱點。早幾年，應該是一位外籍人士成立了一個網站，收集有關這裡的歷史圖片和剪報，試圖重組這裡的歷史碎片。看到不少曾駐港的英國軍官或其子女，上載在這裡的美好生活點滴，很多都說不會忘記香港有這個好地方。

遺忘這個地方的，似乎是本地人居多。這一帶是行山愛好者的熱門地點，但因為路不太好走，沒有幾位大眾來過這裡。直到早兩三年前陳奕迅選在這裡拍唱片封套照，大家才驚覺香港竟有這個不太香港的地方。我想陳奕迅選了這裡，是因為這裡的荒涼和孤寂，但這張唱片封套照卻令這裡變成熱鬧的郊遊地點。想到這裡，我就覺得更有趣。本來人去樓空的石屋群，近幾年有一些熱心人士，自發籌錢修葺，添置了一些簡單設備，供有心人以日租形式租住，也有一間石屋是由教會管理。不過有更多人選在石屋的周圍紮營，不想為了趕著回程而錯過這裡的簽名式夕陽美景。

多了人喜歡這裡，我固然開心，但不少遊客遺下大
量垃圾，我就不明白了。他們因為這裡的美麗而千
里迢迢走上大東山，最後卻在離開時破壞這裡的美
麗，豈不是「賞完即棄」？

田野　　　水彩紙本　　　2013

分流東灣小屋　　　水彩紙本　　　2014

分流東灣小屋　　　水彩紙本　　　2014

赤柱軍人墳場 水彩紙本 2014

赤柱軍人墳場（雨） 水彩紙本 2014

沙田站旁大樹　　　塑膠彩紙本　　　2014

城巴車廠　　　油彩布本　　　2012

男人與狗　　油彩布本　　2013

隔田村　　　水彩紙本　　　2014

馬尿水　　　塑膠彩紙本　　　2012

大圍單車徑隧道　　　塑膠彩紙本　　　2012

這裡的石屋群，看似是一個小村落，有一間房子比較大，看來本是用作飯堂。但不知是否退修的關係，屋跟屋之間相距頗遠，若不太熟悉這裡，很容易錯過任何一間石屋。而我在這裡所留意的，一是關於屋內，二是關於屋外的風景。我會想像在屋內看出去的風景是怎麼樣的，那風光一定有一種說不出的魅力，才令人可以靈修。於是我在每間屋外寫生，記下每間石屋窗外的風景。另外，我也有留意每個人跟這些屋的互動。有些人在石屋頂看書、用手機拍天空的照片、玩紙牌遊戲或在屋旁煮食和紮營等等。雖然之前我提到，在我的自然風景畫中，人的角色很輕。但在這系列的畫中，我輕輕地放大了人

的角色，為每間屋都畫上人跟它的互動，完成後，系列就像眾生相一樣。在大自然中的人類建築，如果其大小不太影響景觀，且它有接通大自然或心靈的作用，我都較為喜歡。所以我特別喜歡這裡，也希望有天我能夠在每間石屋掛一張畫，畫內就是那屋窗外的風景。

另一個我覺得很有靈氣的地方，是赤柱軍人墳場。它一點令人心寒的氣氛都沒有，反而是一個可以給人沉思的地方。這裡安葬了接近七百人，主要是駐港英軍及其家屬，很多墓碑都是沒有相片的，只有簡單的幾行文字：名字、出生年份、逝世年份。我

在這裡會安心地去閱讀碑上的文字，有時會想到，他們這麼年輕就客死異鄉，在最後一刻一定想回到家鄉。幸而他們安息的地方，也流露一種英國的氣息，因為這裡是英國的駐港團體打理，一草一木，都好像經過悉心的安排和照料。門口位置有一個箱子，打開後會發現一本弔唁冊。這本弔唁冊是定期更換的，我每一次去都會簽名，就像進入一個地方要敲門般。

田也是人跡的一種，不過我很少畫田，可能是我對田的認識不夠深，我從來只在旁邊觀察。我也好奇過，梵高很喜歡畫田和農作物，他會不會經常在田中工作，跟田野產生情感？直至某一天，我經過梧桐河，看到一片農田上有一個夕陽，我身前有一些垂枝，整個風景配合得很好，我才爽快地用水彩畫下來。

其他在這系列的畫中風景，很多都跟我日常生活有關，例如單車徑，因我曾在香港中文大學就讀，那一條單車徑連接了中文大學和吐露港，那角度可以看到滿佈校園建築的山嶺。另一張畫面，是連接港鐵沙田站的天橋。我經常在這個位置下車，它旁邊的樹的樹形很特別，在城市裡尤其突出。所以我有次下車後，留在火車站畫了這一幅畫。還有一張是

大圍的隔田村,如果只看畫面,一定不會知道靈感是來自一件觀察得來的日常小事。我在畫中右邊的村屋教畫,左邊其實是一間庵堂。我的老闆是一名虔誠基督徒,我經常看到她在這個路口跟一位來自庵堂裡的尼姑談得很投契。我想,兩個宗教信仰不同的人,可以有什麼共同話題呢?於是我畫下這個路口,記低這件小事。

在山中以幾組黃色貨櫃圍成的巴士廠,正是我在火炭的工作室的窗外風景。這裡的巴士廠難得佔地不廣,而且活動不算頻繁,出入的巴士數目也不算多。偶爾會看到一班巴士司機穿上制服做早操,很有朝氣的樣子。我見這風景跟我如此密切,於是也畫下來。後來廠廈外牆進行維修工程,經常有升降工作台上上落落,我沒有安裝窗簾,索性在窗口掛了幾塊帆布,過了幾個月沒有陽光的日子。數個月後,我把帆布收走,赫然發現巴士廠已被移走得一乾二淨。我想,人在這裡開天闢地建造了一些東西,以為會一直不變,但只要一個念頭,整個東西就不見了。眼前的風景和人跡都如此脆弱,幸好我以畫做了一個記錄。

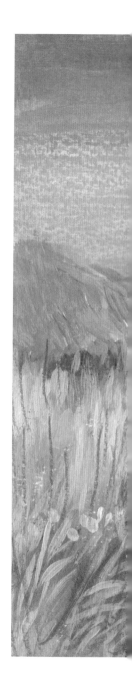

我在繪畫（營屋 22 號）　　　塑膠彩紙本　　　2014

他們在煮食（營屋 9 號）　　　塑膠彩紙本　　　2014

他們在玩牌（營屋 10 號）　　　塑膠彩紙本　　　2014

他在拍攝天空（營屋 16 號）　　塑膠彩紙本　　2014

他在呼吸（營屋 6 號）　　塑膠彩紙本　　2014

他在讀書（營屋 4 號）　　　塑膠彩紙本　　　2014

他們在佔領（膳堂）　　　塑膠彩紙本　　　2014

牠在等待主人（營屋 24 號）　　　塑膠彩紙本　　　2014

他在拍攝（營屋 18 號）　　　塑膠彩紙本　　　2014

時針轉，風景變

時間捉不住，但可以記錄下來。過往我沒有怎麼練習記錄時間，中學畫的是石膏像，是一件靜物。藝術系畢業後的電玩風景系列作品，也是我按停了畫面後畫的。寫生，就好像跟時間玩一場畫紙上的遊戲。在郊外，即使我面對著一座山、植物和海灣，他們看似是靜物，只要風一吹過，天空和日光的顏色也會有所變換，山嶺換了色彩，水面的波紋也改了向，變成另一幅畫面。寫生，就是一邊畫一邊記錄時間，記錄秒與秒之間的變化。這也是我捉到過拍照及寫生的分別，我會在寫生過程中多花時間去觀察。

記得展開寫生初期，有一次踏著單車去烏溪沙。其實我沒有概念該在那裡畫些什麼，打算到了那裡再算，後來找到一個沙灘，覺得有一些遠景和近景，畫面也算豐富，我便打開素描簿開始畫。由於這個風景較闊，我分成幾張畫紙去處理。先由右邊的碼頭畫起，當時應該是四時左右。畫完一張又一張，到第五張時，差不多六時了，我把五幅小畫拼來看看，竟有驚喜。首先，在沒有刻意安排和對照下，五張畫面相當連貫。另外，我看到了時間為這海灘帶來的變化。四時左右，天空較為多雲，天色也偏蒼白。由第二張開始，夕陽的光芒漸漸影響天色，連帶海水也變了色調。到第五張，霞彩已呈紫紅色，連沙灘也染上這種色彩，水邊

的居民也亮起了屋內的燈，海水映照出這些燈火。這是我第一次這樣完成一幅畫作，我雖然在畫一個海灣，但更像在畫時間的剪影。

後來，我在船灣淡水湖同樣以全景方式完成一組畫。但這次做了另一個實驗，就是試試一邊畫一邊跟前一張對位，看看有什麼效果。我望著兩邊堤岸的位置去畫，果然，畫出來的全景相當工整。但只純綷記錄了時間的變化，驚喜感不及烏溪沙那一幅。往後的這類型畫作，有時作畫時會對位，有時沒有這樣做。不過近來較喜歡不對位，憑腦內的印象記得大概的位置便去畫，我想這種方法較能呼應寫生的

隨心感覺。而且我喜歡完成畫作後，將所有部份併起來時的驚喜感，我喜歡這樣去完成一天的寫生活動。

寫生是個頗漫長的過程，其間可能發生一些意料之外的事，可能是一陣風吹走了一些東西，或一個大浪打翻了水上物件，影響了本身的構圖。有時候，在我作畫期間，突然有些急事，需要離開寫生現場，畫作便呈現一種未完成的狀態。試過有次再訪烏溪沙寫生，畫到半路中途，突然收到電話，有急事需要回家一趟。結果風景只畫了一半就要收拾畫具，踏單車折返。 原意是畫八張小畫拼成一張大畫，我將五張小畫拼起來。想著想著，既然這畫呈現一種

未完成的狀態，展示方式也不妨三尖八角一點，去凸顯這「未完成」。結果最後拼出來的畫作，就像小學操場裡的「跳飛機」陣。

其實我不介意「未完成」，在寫生的過程中，時間所限，我總覺得每一幅畫有一些「未完成」的地方。但至今我還在堅持一件事，就是當天的風景當天畫。我不會分兩天在同一地點創作同一幅畫，這樣才能保留寫生的原始風味。對於寫生一事，我也堅持隨心。每一次準備寫生時，我不會因應風景而帶什麼顏料和畫具，我喜歡隨機應變。同樣地，我不會計算在什麼時間去到寫生現場，何時到達就何時開始觀察和作畫。

以全景方式作畫，的確解決了我過往寫生時的一些猶豫不決，至少我可以貪心地想畫多少就畫多少，不會因為該畫哪一角度而躊躕不前。而這些全景畫作，也方便我在工作室內為同一風景再進行創作時，記下所有元素。我有一種天馬行空的想法。英國畫家 David Hockney 試過以寫生形式畫了五十幅畫作，最後拼出了一幅大畫，試圖創作有史以來最大幅的寫生作品。我暗地裡給自己一個目標，以更多數目的小畫作，拼出一張比他作品更大的寫生風景畫。但聽說他有四位助手一路上幫忙，我要完成創舉的話，一定做得很吃力。

若果我只在一張畫紙內完成作品，我又可以怎樣處理呢？我想到過往學過的視點論述。我們定睛看東西時，其實只有一個視點。如果在畫作只顯示一個視線，就像一張相片一樣，所有東西的大小，會跟你眼睛的相距成正比例，愈近距離的東西面積愈大。但其實在創作中，以這種方式呈現風景，會缺乏一種主觀情感的投射。如果採用多個視點的方式創作，能吸收的畫面會較豐富。例如每一幅全景系列中的小畫作，就代表了一個視點。一幅大畫作裡有五幅小畫作，代表了作品呈現出五個視點。另外一種方法，可以不按比例地把喜歡的東西畫得大一些，無關痛癢的東西則變小，把一些角度或一條線條按照自己的喜好或畫紙的大小而調整或扭曲。其實中國的山水畫也有類似的概念，有些山、樹、人或石頭，是按畫者的喜好及視覺上的美感，不合實景比例地去放大或縮小的。用這一種方法創作，發揮空間就會大得多，也解決了我之前景物取捨的問題，畫作也有一種不一樣的感覺。

道風山   水彩紙本   2014

隔田公園　　　水彩紙本　　　2013

公路旁的植物　　水彩紙本　　2013

南山邨附近的大榕樹　　　水彩紙本　　　2013

一堆植物　　　水彩紙本　　　2013

火炭工作室窗外　　　水彩紙本　　　2013

窩仔山　　　塑膠彩紙本　　　2013

藍色的山   水彩紙本   2013

例如那一張《大圍單車徑隧道》，畫中的一段單車徑，我每天踏單車回工作室都會經過。我畫這個路段時，加強了路的弧度，單車徑在沒有單車駛過的情況下，也有著流動的感覺。還有《一堆植物》的那一張畫，那是火炭至沙田一段火車軌旁邊的植物。我某天發現了這些植物長得很好看，只是路人都匆匆走過而不曾察覺，因此畫下了這片風景。現實中這路段的植物沒有長得這麼密密麻麻，但我在畫中濃縮了這路段，所以有更多植物被收進畫內。

我也有用過這種方法來畫兩處充滿回憶的地方，讓畫面盛載更多事物。一幅是畫我中學校門前的一棵樹，是我一位老師介紹了這棵樹給我認識的。他覺得每次望著它，都有一種寧靜的感覺，所以每天上班或下班，或有煩惱的時候，都會多留意它幾眼，清淨一下心靈。從此，我也變得留意它，而它也成為我中學裡重要的一部份。另一幅《窩仔山》是畫我中學校舍後的窩仔山，當年畢業前的最後一個上課天，我跟同學走上這座山，從高處望回我們的校舍。畫這張畫時，我在母校的天台，彷彿跟昔日山上的自己和中學同學對望著。

望山   塑膠彩紙本   2014

船灣淡水湖　　　塑膠彩紙本　　　2011

烏溪沙　　　塑膠彩紙本　　　2011

船灣淡水湖　　塑膠彩紙本　　2011

冬日的海下灣　　　水彩紙本　　　2014

烏溪沙灘   水彩紙本   2014

大東山山景（由 22 號石屋望出）　　塑膠彩紙本　　2013

海下灣　　　水彩紙本　　　2014

因一次，再一次

8. 12. 2013

大東山山景　　水彩紙本　　2013

大東山山景（2）　　　水彩紙本　　　2013

大東山爛頭營　　　水彩紙本　　　2013

之前提過，我曾因為好奇歐洲是否因為風光特別明媚而在藝術史上出現多位知名的寫生派畫家，所以趁舉辦個人展覽之前，特地走訪多個歐洲城市的郊外，希望帶一些風景回港。那邊的風光實在令人心曠神怡，不論樹林、草地、麥田、牧場都是一大片，地形也相當吸引。聽朋友說，當地政府很用心打理郊外的環境，所以那些風景也異常地整齊。我在那些地方一直逛，也一直畫，但感覺總是不夠好。我知道那應該是對這裡的環境感到陌生，未有足夠時間培養感情和默契之故。我不是那裡的居民，沒有在那裡生活過，所有觀察得來的事情，都會流於表面。

跟一個地方培養感情，首先得多見面，然後多溝通。跟風景溝通，就是靜靜地觀察它，留意它的變奏，再好好感受。不少我去過的寫生地點，都是一去再去，多是因為我覺得「未滿足」。這份「不滿足」，可能是關於景點中的事物，或是關於天氣，或是關於季節，我覺得我想看到更多更多。令我有這種感覺的地方有很多，包括大東山。由於每間屋相距一定距離，而回程需時，初時再去大東山的原因，就是純綷想畫山坡上每一間石屋，湊成一個系列。後來我跟這個地方漸漸真正聯繫起來，當年那一班傳教士真的沒選錯地方，這裡是一個感應大自然的最佳地點。那班傳教士彷彿有預知能力一樣，即使經

過九十多年的日子，香港已成為一個高度城市化的國際都市，這裡依然保持與世隔絕的感覺，相信看到的風景也是一幅舊模樣。所以我在畫每間石屋的同時，也會畫那間屋所看到的風景。我相信我看到的風景，跟他們所看到的是一樣的，也相信這片風景會給我一種靈修的感覺。

最初只知道一點點有關大東山的故事，這裡給我一份莫名的神秘感，令我跟這裡有一層透明的隔膜。尤其一間間早已荒廢的石屋，不禁令人聯想到電視劇《幻海奇情》裡的靈異橋段在那裡發生。但認識多了後，開始免去一些多餘的想法，漸漸留意這裡的一舉一動，以及不同天氣下的大東山。第一二次來到這裡，經常聽「噠」的聲音。我以為是有什麼折斷了，回頭一望，什麼也沒發現到。我寫生時，又再聽到「噠」的聲音，才發現金黃的芒頭草中，有一些同是金黃色的東西在跳動，原來是草蜢，這發現讓我跟這裡又親密了一些。來多了這裡後，我已經清楚知道每間屋的位置。而每一次到這裡，我都是跟不同的朋友來，也會邀請他們試試一起寫生。我的朋友也相當期待，可能他們看到我在 Facebook 分享的大東山照片，覺得這裡實在太美，他們更有些更專程請假前來。而自己在這裡就成了一個導遊一樣，在路程中，我會知道走到哪裡可以休息，清楚了石屋和景點的位置，我都可以引領他們去，就像帶朋友參觀自己的地方一樣。於是我有了一個想法：將過往我畫過大東山的地方，在原地再寫生一次。我想看看這一份熟悉感，在我的畫中會起著什麼樣的火花。

另外一個我經常寫生的地方，是城門水塘。第一原

因簡單也很直接，單單因為這裡離城市相對近，我喜歡隨時隨地走到一個與世隔絕的地方。第二個原因同樣源於「不滿足」，我好奇在四季裡和不同天氣裡的城門水塘，是什麼模樣。我較少在夏天過來，因為這裡真的很熱，所以我不算看過「水浸白千層」很多次。而這裡很多低窪地方，要在水位低的情況下才會看到，但水位這回事實在太難預計得到。水位低時所露出的地方，地貌很有趣，一片泥黃色中又有一些銀白色的石頭，這些元素都可以豐富畫面。我本身對歷史建築也有興趣，可能我喜歡聽歷史故事，也愛幻想歷史場面。我望著這些歷史建築物時，會想像當時的人會在這裡做什麼，從那建築物看出去會是什麼風景等等。而昔日很多建築物，跟大自然環境沒有太多衝突，有些還融和於環境之中。城門水塘裡有一個叫城門棱堡的地方，是昔日日軍侵華期間，英軍所建的一個重要軍事據點。我還沒有到過那裡，因為地點有點難找，要先做一些資料搜集才知怎樣去。可惜我每次到這裡都太隨心了，記得帶畫具，但總是忘記找到棱堡的路線圖。

營屋前　　　水彩紙本　　　2014

15 號營屋　　　水彩紙本　　　2013

20 號營屋　　　水彩紙本　　　2013

16 號營屋　　　水彩紙本　　　2013

18 號營屋　　　水彩紙本　　　2013

還有下白泥，也是我常去的寫生地點。如果給這裡一個關鍵詞的話，我想我會用「等待」。往下白泥的小巴班次不頻密，很容易滿座，而很多人都選擇在黃昏後回程，結果無論去程還是回程，都要經歷一段漫長的等車時間。來到泥灘一帶，景色很容易受潮汐情況和日落色調所影響。若果當日日落時，色調只是淡淡的黃色，甚至一片灰濛濛，一種「白走一趟」的感覺油然而生。所以每次到下白泥，我一定帶一顆平常心去，看到什麼就畫什麼，試試觀察不同情況下的下白泥。

但說到我最常看到的風景，一定是火炭工作室窗外的風景。這是一個很尋常的畫面，而我跟它朝夕相對，也非常熟悉。但我畫它的次數，並不是太多，可能我認為它已經在我的窗外，我不會一下子失去它。直至我知道，政府已經打那裡的主意，準備在那裡大興土木，我才意識到，即使是最尋常的風景，在發展巨輪下，也是無比的脆弱，我開始更留意它的美。我幾乎當它是掛在我窗前的一幅巨型畫作，我買了一個望遠鏡，細心地看它的每個角落。看到正在長高的小樹，漸漸擋住後面的小屋；看到每天的四時正，都會有一縷煙從後山升起；看到雲正在上空掠過，為這山打了一個倒影。就算我沒有為它作過太多畫，但至少我放在心裡。

下白泥草堆　　　油彩布本　　　2013

冬季下白泥　　　塑膠彩紙本　　　2011

下白泥   塑膠彩紙本   2011

大東山的石頭　　　水彩紙本　　　2013

大東山的石堆　　　水彩紙本　　　2014

城門水塘　　　塑膠彩紙本　　　2014

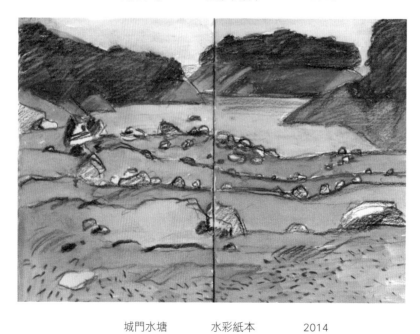

城門水塘　　　水彩紙本　　　2014

城門水塘　　　塑膠彩布本　　　2014

城門水塘　　　素描紙本　　　2014

入夜的山稜　　　水彩紙本　　　2014

雨和稜線　　　塑膠彩紙本　　　2013

像現實，像夢境

隧道　　　水彩紙本　　　2012

山之間　　塑膠彩布本　　2012

看著樹的人　　　油彩布本　　　2012

三棵樹　　　塑膠彩紙本　　　2012

月出　　　塑膠彩紙本　　　2013

藝術創作可以填補現實和幻想之間的空隙，自己成為一個佈景設計師，將現實中風景所缺的地方，在腦內加建或改裝，甚至在一片平地之上，由零開始建造一個新的場景。開始寫生的第一年，我也是比較忠於現實，場景有什麼我才畫什麼，最多在空間和視點上略為調整。後來有一次，家人身體出了點情況，沒有心情去寫生。之前大部份時間都留在工作室，但那段時間的晚上，都定必會回家。心情上確實有點納悶，我試圖經繪畫尋找一些心靈上的慰藉，好讓自己在創作上不會停下來。我在腦內構思主題時，問自己心目中最理想的風景是什麼呢？到過那麼多地方寫生，也重複去了不少地方，證明每

一個地方都有其獨特之處外，我也有一份不滿足感，要探索更多新的地方。那心目中還有什麼風景是我很想看，但還沒有遇上，甚至未必有機會遇上的呢？此時我腦內出現了三棵樹，場景是在城市之中。這三棵粗壯的樹長在安全島之中，就像三個受了驚嚇的人，退守到狹小的安全島之上。那一個月，我一共畫了五幅同一場景，但那三棵樹的外貌卻有所變化。最初他們都是長得茂盛的樹，到第三幅畫時所有葉子都掉了下來，最後我讓他們重新長出葉子，但中間的那一棵卻被人狠狠的砍走了。島上還有一塊倒後鏡，鏡中人是我，我在觀察著。在這幾幅畫中，其實我在探索植物和城市之間的關係。在城市

之中，樹成為一個道具，用來美化城市，角色是被動的。雖然有機會被人砍去，但他們依然努力生存，沒有忘記過生長的初衷。

完成這五幅作品，我感到一種類似完滿的感覺，覺得幻想可以帶我看到更多風景，於是我繼續創作這系列的作品。有些幻想，跟我個人經歷有關。例如有一次我去到分流東灣，看到風浪很大，令我想起童年在沙灘嬉水時，看著一個比我要高的浪撲過來的感覺，當天我只用了墨水筆快速地進行寫生。帶著畫回到工作室後，我想好好記下那種對海浪的恐懼。我就用塑膠彩畫下同一畫面，加了一個人在水中，這個人正被比自己高的浪撲過來。我沒有去想這個人是不是自己，也許我對這情景還有一種恐懼。還有一次，我乘巴士經過石壁水塘，我處於監獄和水塘之間的邊界，感覺很特別。我左邊是一個囚禁犯人的地方，而右邊是一個令都市人感到自由自在的郊遊好地方。一條堤壩，隔開天和淵。我由於未曾到過石壁，回到工作室後做了一點資料搜集才畫。我刻意將雲畫成特別的形狀，因為雲就好像兩個地方的唯一溝通方法。還有一張畫，看似是在畫城門隧道露天的一段，但其實構思好這幅畫時，我是未看過城門隧道的這一段的。我當時在想，究竟兩座相對的山，可以如何溝通？不如在中間建一條穿山隧道，好讓它們傳遞訊息。後來有

天坐車經過城門隧道，才驚覺那裡跟我畫的畫面如此相近。

有時，我會將以往聽過的寓言故事，放在現實的場景中進行。之前畫城門水塘，由於水面很平靜，我經常幻想，水面會不會突然浮現一些東西出來，可能是一個半透明的人。但這個半透明的人會做什麼呢？我想起那個關於樵夫掉了一把斧頭在河裡的故事。如果是現今世代的人，究竟他會不會取走金斧頭？還是如故事的主角，誠實得只領回屬於自己的平凡斧頭？

創作這系列作品的時候，我有一種砌玩具模型的感覺，角度可以是俯瞰著這個地點，或是遙遙的相望，然後我再安排喜歡的山形、地勢、植物種類、天色、雲的形狀等等，去佈置這個風景。說著說著，也像在玩電腦遊戲模擬城市一樣，挑選自己的喜好，在畫面中呈現。這些畫面感覺看似跟我之前電玩風景繪畫系列（電玩系列）的作品有點相近，但兩系列的共同點只在於作品在工作室內完成而已。電玩系列作品的創作方法，是我從遊戲看到自己喜歡的畫面，按下「靜止」，然後跟著畫。但「幻想」系列內的作品，是完全憑空想像出來的。所以就算畫面上有一點「玩」的味道，對我而言是兩種截然不同的作品。

不過，「幻想」系列裡有一張畫是呼應過往電玩系列的作品的。那一張電玩系列作品，是一個魔術師在台上進行表演，將一個人升起到半空之中。這幅作品，我覺得畫得不夠滿意。所以我將場景換上森林，這次魔術師要升起的，不是一個人，而是一隻在香港郊外常見的牛。觀眾不是人，而被換成為一群牛，更符合自己幻想出來的畫面。

可能你會想，如果我的幻想都已提供了豐富的題材，我為什麼還會寫生，而這跟寫生有什麼關係呢？寫生跟幻想的關係，於我而言是密不可分的。我到郊外寫生，除了畫畫外，也會去觀察和感受。我所觀察和感受得到的，除了豐富我當日寫生的畫作外，也可以帶回工作室裡，繼而憑空想像一些畫面。在創作「幻想」系列的作品時，也會誘發我想多去寫生，因為創作過程中，我覺得我腦中的材料還未足夠，只有多到郊外寫生才有幫助。幻想也可以讓我跳出更多框框，令我的寫生作品有更多變化。這就如做人一樣，有現實的需要，也有幻想的需要。能在兩者之間取得平衡，人就會完滿。

浪　　　油彩布本　　　2014

燈塔看守員　　　水彩紙本　　　2014

山雨　　　水彩紙本　　　2014

駛到海邊的人　　　塑膠彩布本　　　2012

「這是你的斧頭嗎？」 水彩紙本 2013

樹林裡的魔術師　　　水彩紙本　　　2013

走進樹林　　水彩紙本　　2013

石壁　　　水彩紙本　　　2013

山與公路　　　油彩布本　　　2013

跋

梁展峰

黃進曦一直專注風景繪畫。從昔日《電玩繪畫風景》（2008）中熒幕裡的虛擬風景到近來的《退步自然》（2014）中遠足路途上的自然風光；他的創作形式或意念無論如何改變，卻一直在捕捉眼前變幻的風景。這本書結集了進曦近來的畫作，它們足以體現進曦的風景畫的藝術風格——以溫文的筆觸，交織出不同時光下各個山、林、樹的色彩和造型，流露出進曦以畫家的眼光對遠足路途上各處風光的凝視。

風景寫生雖是畫家對景象的客觀描寫，但畫面裡的主角（人或物）和色彩的選擇都體現了畫家的藝術理念和偏好。進曦的繪畫風格，主要以接近點描法（Pointillism）的筆觸，堆積出畫面裡的山、石、林、雲。這些筆觸突出了葉片的層次，強化了茂密樹林佔據的空間和深度。進曦經常遠足，以寫生的方式把香港郊區的自然風景真實地描繪出來，畫中的香港風景盡是青山綠草，少有黃土灰泥。畫面裡以綠色為主調的豐富色彩，正正緣於香港郊區多為草木豐盛青山綠草的中國南方山川特質。然而在這充滿親和力的翠綠風景外，我倒特別喜歡進曦運用紅、綠對比色讓綠色更加突出的那些畫作，如《看著樹的人》（2012）和《兩個畫家》（2012）。在「山路」和「幻想」系列裡，進曦在一些畫作中，以對比色的著色方法，為墨綠、草綠的草木間添上楓葉紅、棕紅等這樣的對比

色系，構成色彩斑斕的畫面。這樣斑斕的畫面為畫裡自然界的綠色賦予騷動的能量，並使畫裡的風景添加了一份奇幻氣氛。

對於風景畫畫家，色彩不只是景物的外衣，它是光的痕跡。印象派畫家如畢沙羅（Camille Pissarro）、莫內（Claude Monet）和秀拉（Georges Seurat）的畫裡色彩其實更多是捕足陽光變幻的身影。相比之下，進曦通過把不同風景拼合為一張畫作來突出了光和時間的痕跡。在「時間、視點」系列中，多張畫作如《烏溪沙灘》（2014）、《船灣淡水湖》（2011）和《大東山山景（由22號石屋望出）》（2013）都是把不同風景拼合為一。多個畫面像連環圖般被拼在一起，既展現出了進曦寫生時描繪風景的不同視點，同時畫面間不同色調說明了進曦不同的描繪時間。在不同色調、視點的風景下，時間的流逝不言而喻。

很多香港畫家都會到香港各地寫生，無論他們描繪的是香港郊區或城裡，都是充滿「人氣」。香港畫家前輩如歐陽乃霑、江啟明和沈平等都曾繪畫過香港的城市和鄉郊風景，他們筆下的鄉郊景色裡不乏村屋和古廟，處處流露人跡所致，體現一種活在鄉郊的樸素氣氛。反觀黃進曦的鄉郊景色，描繪人和建築物的情況不算多。進曦筆下的人物雖然充滿故

事，但不是畫裡的主角，畫中曾經出現的建築如組裝箱屋或石屋，都是工人的臨時工作間或遊人的短暫居所，暗示了畫裡人物只是短暫存在。其實建築和人所處的自然環境才是畫面裡恆久的主角。

進曦畫裡的景觀是相對封閉的，畫面兩邊時有山、石或樹木，彷彿分割了畫面裡外的風景。畫面裡山徑、建築和樹枝的線條不時構成對角線，建構出畫面內的立體空間之餘，同時把觀者的注意力引領到畫面中央的景物。他把自己關心的景和物都放到畫的中央，完全地打開給觀者看。進曦筆下的自然風景讓人感到親切，不是因為它像前輩畫家筆下的鄉郊生活，反而是遠足人士的觀景記錄。遠足文化自「沙士」後再次成為都市人的流行活動，從戶外郊遊用品的優化和時尚化，到近來如「山系女行」一類關於遠足並主攻年輕觀眾的電視節目，都反映了遠足已經成為香港都市人的時尚文化和健康生活的一部份。遠足已經普及，愈來愈多的年輕人亦愛上它。進曦筆下的風景是他遠足時沿途的景觀，也是大眾遠足時曾踏足過的某處，因此我們不會對進曦筆下的風景感到陌生。

責任編輯	饒雙宜
書籍設計	missquai

口述 / 繪畫	黃進曦
文字	啡白

出版	三聯書店（香港）有限公司
	香港北角英皇道四九九號北角工業大廈二十樓
	Joint Publishing (H.K.) Co., Ltd.
	20/F., North Point Industrial Building,
	499 King's Road, North Point, Hong Kong

發行	香港聯合書刊物流有限公司
	香港新界大埔汀麗路三十六號三字樓

印刷	中華商務彩色印刷有限公司
	香港新界大埔汀麗路三十六號十四字樓
版次	二零一五年一月香港第一版第一次印刷

規格	大二十開（210×210mm）一九六面
國際書號	ISBN 978-962-04-3719-9
	© 2015 Joint Publishing (H.K.) Co., Ltd.
	Published in Hong Kong

更多好書請瀏覽三聯網頁：
http://www.jointpublishing.com